文化生活叢書・詩文叢集

好花袛向美人開

胡爾泰 著

To Amy

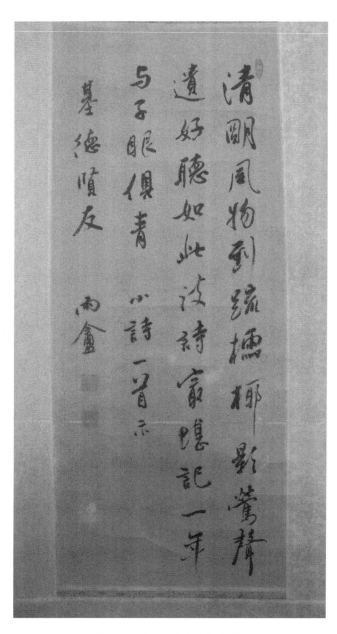

清明風物到鏡櫺 椰影簷聲
遺好聽 如此良詩 富瞻記一年
与子眼俱青 小詩一首示
基德順反 雨盦

龍眠雨盦汪中教授詩墨

吳序
胡爾泰古典詩學略論

前言

　　胡爾泰在民國一〇三年，出版第四部新詩集《聖摩爾的黃昏》，並在此前的民國九十七年，出版了第一部古典詩集《白日集》，此間又同時發表新詩、古典詩與詩評，而以詩人學者飲譽吟壇。如今，再將創作於民國九十七年四月五日戊子歲清明，至民國一〇五年一月二十四乙未歲臘月望日的古典詩，凡一百八十三首，取晚唐詩人羅隱（833-910）〈水邊偶題〉詩「野水無情去不回，水邊花好為誰開」句意，都為一帙，賦題《好花祗向美人開》，準備付予鉛槧，用饗墨客。

　　就詩集賦題命意以觀，單點一個「花」字，即足以呈顯詩人一片愛「美」雅懷，是以字裏行間，處處花光照眼，既有依歲時遞次開向人間的風華，而在繽紛的華彩中，又不免有美人麗影凋歇如野水易逝的輕喟。唯詩人表現所感、所悟、所思、所蘄嚮者，俱在「自然高妙」，如姜堯章（1155-1221）說：「非奇、非怪，剝落文采，知其妙而不知其所以妙，曰自然高妙。」而這在詩人筆下，則出諸於隨緣自在。

　　就古典詩的創作而論，向以意象語設景寫情，並使之銷融無跡，而為累代評家所推舉，是謂情景交融，是以王船山

（1619-1692）說：「情、景名為二，而實不可離。」然而，情語、景語，如其僅止於興象的傳移，而乏詩人思想潛文本的重旨，則不免令人味之索然。然而，高明的詩人，自能入理以象，以象表情，以情達理，以理趣用顯詩意的思想高度，正是詩人精神的詩學體現，而此迥非「平典似《道德論》」之比，是為隱跡意象。

　　相傳我國古典詩肇始於上古〈陶唐歌〉，入西周（1046-771BC）、春秋（770-476BC）後，形製漸趨規整，通行四言，而從「五言居文詞之要」，到受古印度詩學佛典伽陀（gāthā）、祇夜（geya）體聲律與五、七言漢譯形式及騷體的啟發，並在「體製代變」上，來到「以詩取士」的大唐（618-907），近體詩發展到極致後，除了黃魯直（1045-1105）主盟的江西派詩人，試圖以「不麗、不工，瘦、硬、枯、勁，一幹萬鈞」轉勝之外，一千四百年來的古典詩創作，不論復古或創新，都不免有蔣苕生（1725-1784）「開關真難為」之歎。[1]是以胡爾泰以後設擬構法，生新成辭，走仿擬一路，「戴著腳鐐跳舞」，[2]創作體製端方雅麗的近體

1　〔清〕蔣心餘著，邵海清校、李孟生箋：《忠雅堂集校箋》，第二冊，〈詩辨〉（上海市：上海古籍出版社，1993年），頁986。

2　聞一多（1899-1946）於民國十五年五月十三日，在《北平晨報‧副刊》，發表〈詩的格律〉說：「但是 BlissPerry 教授的話來得更古板。他說：『差不多沒有詩人承認他們真正給格律縛束住了。他們樂意戴著腳鐐跳舞，並且要戴別個詩人的腳鐐。』」Bliss Perry（1860-1954），是哈佛大學文學教授。He said: 'They love to dance in these fetters, and even when wearing the same fetters as another poet, they nevertheless invent averments of their own.' (http://epaper.pchome.com.tw / Mar.21'2008, on line.)

詩，自是今人盛唐後所不能免。

　　以下即此三義，分論一隅之見，略開胡爾泰古典詩華於一枝，用供學人，青眼共矚。

花光麗影

　　胡爾泰寫花，雖每每直攄目擊，未必空有無端之思，然以詩詮詩，不妨別開兩路：一者，野水無情；二者，自然如此。然而，自然如此者，要皆不外無情野水所蕩起，故詩人將〈乙未春半遊臺大農場池邊偶題兩首〉，自「乙未詩鈔」析出，置入「醉芳吟稿」，做為開卷詩，此中必有萬端襟抱，墜緒在懷，可為達詁云爾。

（一）野水無情

　　〈偶題〉其一，詩云：「皇華嘉木。」「皇華」者，即先秦時代民歌〈皇莩〉，鄧林（寶祐四〔1256〕年進士）據此題甹詩集，即署為《皇莩曲》，開卷之作，正是〈南國有佳人〉，詩云：「仙姿自蓬島。」又云：「皎皎顏色好。」以其「佳人」同在「蓬島」，而為胡爾泰以「美人」名題之所自。「嘉木」者，亦名「嘉樹」，同為南國地宜所生，如屈正則（340？-278？BC）〈橘頌〉云：「后皇嘉樹，橘徠服兮。受命不遷，生南國兮。」而「南國」者，就語義轉移以觀，又非今之「蓬島」臺灣莫屬。臺灣產橘之馨香善味，一若水霧容夷之雲夢，故引詩人攜手臨視臺大十二景之一的醉月湖時，心湧「漪瀾」，泂洰相摩，若泛泛「春水」，旌搖意動，

如老甕「醱醅」，新釀未飲已先醉，而成輯名「醉芳」。是以向來祇入藥而不入古典詩的「鳶尾」（Irises），僅能旁襯以「悠閒」。因為詩人要詠歌的主要對象，是既入藥以療「相思」，又是入詩以示所親的「朱槿」，如李白（701-762）〈擬古十二首〉其四，詩云：「香風送紫蘂，直到扶桑津。取撥世上艷，所貴心之珍。相思傳一笑，聊欲示情親。」「扶桑」，就是「朱槿」。更何況「朱槿」有一個美麗的洋名字Rose of China。問題是「朱槿」在這裏雖領有詩眼的地位，卻僅止於可望而不可及的象徵，如此一來，就自然而然的導出了〈贈安琪拉〉一詩的結穴，其句云：「春潮如湧終歸去，祇恨相思無已時。」此與玉谿生（813-858？）〈錦瑟〉詩云：「此情可待成追憶，祇是當時已惘然。」就共相與殊相齊觀而論，可謂古今一揆。

（二）自然如此

自古以來，雅士、風人皆以花入詩，如《詩經‧小雅‧魚藻之什‧苕之華‧第二章》詩云：「苕之華，其葉青青。」苕，就是紫葳科的凌霄花。〈國風‧召南‧何彼襛矣‧第一章〉詩云：「何彼襛矣？唐棣之華。」唐棣，就是薔薇科的扶移花。至若騷人屈正則，在《離騷》一起手之處，便以香草自況所生說：「紛吾既有此內美兮，又重之以修能。扈江離與辟芷兮，紉秋蘭以為佩。」江離，就是繖形花科的蘼蕪。此後累朝墨客，鮮有不援引野草花，乃至於名花異卉，或以寄託志意所之，如陶元亮（365-427）〈飲酒〉其五，詩云：「采菊東籬下，悠然見南山。」或以遺所思，

如張承吉（785？-849？）〈穆護砂〉詩云：「折花當驛路，寄與隴頭人。」或以特立情性自標，如林君復（967？-1028）〈山園小梅二首〉其一，詩云：「疏影橫斜水清淺，暗香浮動月黃昏。」或體造化流衍代序，如王介甫（1021-1086）〈北山〉詩云：「細數落花因坐久，緩尋芳草得歸遲。」凡此等等，俱為我國古典詩學，善以百花入詩的大傳統。如今，自民國五年八月二十三日，胡鐵兒（1891-1962）在美國寫下第一首中文白話詩〈蝴蝶〉（原題〈朋友〉），[3]迄今百年來，雖以亂體自由詩為新潮，[4]但不論古典詩或新詩創作，花的意象，仍然觸目皆是。

胡爾泰喜以花入詩，是詩人使用意象語的大宗，不僅用於賦題，如〈辛卯正月初九與德徐文成春美遊杏花林〉、〈遊南海植物園見荷葉田田野薑花開因賦詩二首〉、〈故宅曇花開暗香浮動占得一首〉諸題。更在詩句文本中，處處以「俯拾即是，不取諸隣。俱道適往，著手成春」之姿，奪人眼目，如鳶尾、朱槿、流蘇、杜鵑、櫻、木蓮、杏、桐、野薑（山奈）、毛地黃、魯冰、風鈴、木棉、羊蹄甲、煙火、梅、芒、桃、李、綬草、牽牛、牡丹、欒、金萱、刺桐、曇、油菜、波斯菊、羅蘭、野牡丹、蓮等，凡三十餘輩。

就詩文本以觀，儻若加諸無名的普通名詞，如〈三遊臺北花會〉詩云：「百花仙子下瑤池，幾度尋春不肯離。芳苑

3　文雷編：《胡適的詩》（臺北市：天下出版社，1964年），頁48。

4　「亂體」者，無體之體也。具詳拙著：《星雲大師人間佛教思想源流論與新詩創作研究》，第二章〈星雲大師詩歌創作文體論〉（臺北市：白聖佛教學院佛教研究所，2015年）。

千株開嫵媚，香苞萬種競葳蕤。」〈池上花會〉詩云：「東風
送暖應花期，草卉芃芃覆美陂。」〈不老溫泉〉詩云：「山中
春色早，絡繹芳菲道。無樹不飛花，有泉名不老。」〈夜宿
南投山水綠〉詩云：「碧湖千頃泛清波，錦樹繁花織綺羅。」
〈上巳日遊烏來是日天朗氣清鳥鳴人和〉詩云：「草花皆異
品，禽鳥共吾親。」〈南園秋日〉詩云：「彩蝶翩飛花影動，
鳥呼應是儷人來。」〈擎天崗道上〉詩云：「露枝嫋嫋春心
發，溪籟淙淙花木榮。」〈人日與漢平長寬有志飲茗於六季
香茶坊〉詩云：「春暖風迴千樹花，茗香六季不矜誇。」〈仲
夏與蔣氏伉儷遊大溪飲湖光食山色賦得一詩〉詩云：「花香
薰得佳人醉，還與山精共飫鮮。」〈夢回蘭嶼〉詩云：「紅頭
五月百花開，萬翅飛魚入夢來。」〈與漢平諸友貓空走春隨
筆〉詩云：「春日尋芳山幾重，千柯百卉展姝容。」凡此等
等，都達百餘品，可謂大觀。

　　做為懂得賞花的詩人，自能以其嗜美的心靈，或有意惜
之，如〈春三月偕妻遊苗栗賞桐花占得二首〉其一，詩云：
「拾取芳菲頭上插，不教委化作春泥。」〈淡水楓樹湖見木
蓮花〉詩云：「千百觀音此端坐，身心淘洗兩無瑕。」或藉
以躋蹳高士，如〈遊湖南桃花源有感而作〉詩云：「花開花
落不知春，靖節歸田一派真。」〈風櫃斗賞梅〉詩云：「我為
梅妻鶴子來。」或無心與會，悠然自得，如〈陽明山遊春〉
詩云：「花點羣山秀，鳥鳴嘉木幽。不妨居嶺上，朝夕攬雲
悠。」〈觀音鄉莫內花園賞蓮遇雨〉詩云：「秋華舒卷悠然
見，不必濂溪周子來。」或徒歎好景不再，如〈雨中重遊臺

大校園見繁花零落殆盡占得一絕〉詩云：「前朝花欲醉，今日多憔悴。」

　　然而，縱任花落猶有再開時，大可不必為之悲秋傷春，故〈霜降後二日小半天見櫻花〉詩云：「莫道神祇更甲子，花開花落自悠然。」「花開花落自悠然」者，要非七情作意，能有分毫挽留，如歐陽永叔（1007-1072）〈蝶戀花〉其九，詞云：「雨橫風狂三月暮，門掩黃昏，無計留春住。淚眼問花花不語，亂紅飛過鞦韆去。」是以以其徒呼負負，苦於妄情計執（abhiniveśa），未若體達「自悠然」，本係「根（indriya）、塵（rajas）、識（vijñāna）三，法爾宛然」之意，若此自能拂去空花（khapuspa），呈顯空境，放諸詩思，任運自在，故〈夏日與韻玉小憩於淡水河左岸水芙蓉咖啡館賦得兩首〉其二，詩云：「山隈水涘絕塵埃，異卉奇花自在開。」「自在」（īśvara）者，不外空卻迷執。有詩心而無有迷執，則結（kleśa）、習（vāsanā）「塵埃」自蠲。而諸見（darśana）「塵埃」，一旦蠲盡，是謂真自在。際此，逸趣自顯，詩格自然「自然高妙」。

隱跡意象

　　嚴儀卿〈詩辨〉說：「不涉理路，不落言筌者，上也。」又說：「以文字為詩、以才學為詩、以議論為詩。夫豈不工？終非古人之詩也。」這是附會大鑑（638-713）下五家七宗分流的南宗禪，做為剖判古典詩學的衡準。而且是先有「漢、魏、晉與盛唐之詩，則第一義也」的結論，纏在

後來補充起來的命題。然而，這種倒果為因的方法論，顯然是以取消詩學內部詩文本在書寫實踐上，詩人做為特定時空產物的創作主體，與時間遞嬗及空間變衍的客觀規律為前提，所必然要產生的戲論（prapañca），是以錢虞山（1582-1664）以「無知妄論」，對之剔抉說：「《三百篇》，詩之祖也。『知我者謂我心憂，不知我者謂我何求』，『我不敢效，我友自逸』，非議論乎？『昊天曰明，及爾出王』，『無然畔援，無然歆羨，誕先登于岸』，非道理乎？『胡不遄死』，『投畀有北』，非發露乎？『赫赫宗周，褒姒滅之』，非指陳乎？」

　　從錢虞山對嚴儀卿的反撥，並引《三百篇》，證之以六義之為用，本具表現議論、體達道理等文藝功能。可見詩做為特定形製的審美載體，雖不以說道理見長，但不能認為取途形象思維，假藉意象語，用以表現詩人情感的詩，一旦筆涉所思的理路，體現詩人的精神風貌，在特定的審美意謂上，就無足觀者。若然，雕章琢句一若西崑者足矣！何用風神、意境、格調、性靈、神韻，乃至於文如其人云為？更何況古典詩學從風人之詩朝文士之詩開展，從文化學的範疇以觀，原是文化思想累千年積澱所必然要鋪墊起來的才學底氣，在語言藝術上通過抽象符碼的相應反饋。剋實而論，人的高度是人格與思想的高度所決定的，而缺乏思想高度的詩人，儘管景語、情語寫得無比微妙微肖，又「何異鸚鵡能言」？[5]

5　〔宋〕錢易撰：《南部新書》（北京市：中華書局，2002年），頁24。

　　胡爾泰如同泛三教論者的傳統雅士，並因經常擔任各大學文學院碩博士論文的指導教授、審查委員、答辯委員，與學術會議論文評審委員及講評等工作，自具楷正、糾謬新學術同僚相關論述習作的深厚學殖。而此一能力做為詩人思想的精神內涵，在進行詩創作時，自然會在有意無意之間，從筆端透露出消息來。是以從此一路觀待胡爾泰詩作，自能窺見三教底蘊，假途詩文本所開彰出來的釋、道、儒思想。

　　關乎儒學者有〈臺南孔廟全臺首學也〉詩云：「禮門通聖域，義路達黌宮。」典出《孟子》。關乎道家者有〈上巳日遊烏來是日天朗氣清鳥鳴人和〉詩云：「坐忘秋與春。」典出《莊子》。關乎道教信仰者有〈詣保安宮謁保生大帝醫藥神也〉詩云：「道濟羣生大帝功。」典出莊夏（1155-1223）等〈慈濟宮碑〉。以儒家、道家學說，與道教信仰，學界與俗間信士易知故，故不予贅述。唯佛教薩婆若（sarvajña-jñāna）如海，以今有因緣故，故得隨詩權（upāya）說一端，用明妙悟之本，尚有向上一著的了義（nītārtha），猶為漫說「第一義」（paramārtha）的嚴儀卿之所未見。

　　胡爾泰不僅涉學道家思想，也對道教信仰所知甚深，如〈李教授豐楙榮退賦詩賀之〉詩云：「張王神術動三清。」而同為新詩人的李豐楙，不但是我國第一位具有正式道士證書的大學教授，也是中央研究院研究員。唯胡爾泰對佛教卻別有意會，如〈御筆峰峰在張家界〉詩云：「生來不具仙人種。」〈法華寺聽蟬寺在府城〉詩云：「成仙非所願。」這雖然表示了詩人知仙、遊仙的意緒，卻也說明了自己本非仙胎，致無意於修真。但在〈訪傳祚居士於菁山別業〉詩云：

「念我拘塵擾，羨君營福田。」則於學佛一事，對境心覺，而生羶慕之思，以「念我」者，本具以自覺之思「反聞聞自性」故。這是詩人對久處由眼界、耳界、鼻界、舌界、身界、意界、色界、聲界、香界、味界、觸界、法界、眼識界、耳識界、鼻識界、舌識界、身識界、意識界等十八界所構成的塵寰，備感擾攘拘牽而不得自在之一大反思，是以同詩又云：「參法亦云樂。」

參，有兩義：一者，研幾教下義學，名參學，意在習得說通（siddhantanaya）；二者，習靜入禪，名參禪，意在習得宗通（deśananaya）。詩人於此，顯係走參禪一路，因此，〈法華寺聽蟬寺在府城〉詩云：「鐘鼓更安禪。」〈暮秋過聰輝宅見仙佛木雕琳瑯滿目神態殊異發人深省因賦詩記之〉詩云：「意馬心猿收拾盡。」〈野柳地質公園〉詩云：「千浪八風吹不動。」

習禪初機，率皆始於漸門，不論如來禪或祖師禪，都要以止（śamatha）、觀（vipaśyanā）住心，使「安住心不亂」。而住心之要，即在於「外離八風」，如佛說：「如妙高（Sumeru）山，八風不動。」舒舜侯（1219-1298）〈楊柳栜〉詩，亦云：「八風不動只如山。」唐僧大珠慧海說：「利、衰、毀、譽、稱、譏、苦、樂，是名八風。若得如是定者，雖是凡夫，即入佛位。」從舒舜侯放櫂急湍，以為八風雲湧，寫心不動如須彌（Sumeru）的詩，到詩人諦觀濤天逆浪，衝決億萬年的野柳岩灘，在風化、海蝕後仍不崩不塌的巨石，所寓目展演動、靜、亦靜亦動、非靜非動，動靜靜動一如的不動之動，以為蕩滌塵擾祇動不靜的凡心，使復

歸於自性（svabhāva）本具清淨的不動，恰恰是看出「八風
吹不動」之意的根由在於住心、不住心、亦住心亦不住心、
非住心非不住心，住心不住心本無所住的住心，否則將以何
等法門，把「意馬心猿收拾盡」？

　　「意馬」與「心猿」，都是以妄識自迷（bhrānti）的產
物，更是參禪學人於入宗門次，首先要「收拾」，但卻祇存
在於自心中的對象，少則六十二見，多則八萬四千塵勞，非
得「八萬四千三昧（samādhi）、八萬四千陀羅尼（dhāranī）
門」，無從都攝眼、耳、鼻、舌、身、意六根。但對乍見法
相，而為宿緣所追，以致「發人深省」的初機者而言，祇要
會得所以「調習意馬」，「制止心猿，令得離縛」意，不妨將
之視為公案，而以參話頭的方式，隨時提起正念一參，如佛
果勤禪師（1063-1135）指示學人說：「向三條椽下，死却心
猿、殺却意馬。」「三條椽」者，即無業（karman）不造的
淵藪身、口、意，是以學人一旦迴心教乘，自能「心猿頓
歇，意馬休征」。意即行者行思果爾如此，則無處無時無不
可在晨鐘暮鼓中「更安禪」。

　　安禪，全稱安住於坐禪，若論法門，即安心法門，或云
安樂法門。其德用具如汾陽善昭禪師（947-1024）所說：
「安禪靜慮，識心達本，冥契諸緣，悟性無生，頓超事
理。」學人若果體得箇中真義，即能「直下承當」，是為
「當體即是」，而於諸法（sarva-dharmāh）即是的當體，真
正了得〈新店溪畔野牡丹為颱風所敗〉詩所說「生滅本無
常」的緣生理，而緣生理的實相（bhūtat-athatā）即無生法
忍（anutpattika-dharma-ksānti），如東土禪宗初祖菩提達磨

（Bodhidharma, ？-535）用以付法的《楞伽阿跋多羅寶經》說：「展轉緣起，自性無性。」宗泐（1318-1391）亦說：「展轉緣起無常故。」是以學人一旦透得「萬法無常」，即為安住於「大休歇之地」。

自菩提達磨於梁武帝（464-549，502-549在位）普通元（520）年，泛海西來弘通祖師禪，至東土六祖大鑑禪師於初唐立禪宗南宗，禪佛教即廣為我國七眾所信行，並在有唐一朝，普遍成為詩人以詩呈心的載具，而啟導於後學者，至今尤盛，如詩佛王摩詰（701-761）〈過香積寺〉詩云：「安禪制毒龍。」詩仙李白（701-762）〈同族姪評事黯遊昌禪師山池二首〉其一，詩云：「為我開禪關。」詩聖杜子美（712-770）〈陪李梓州王閬州蘇遂州李果州四使君登惠義寺〉詩云：「誰能解金印，瀟灑共安禪？」可見在我國古典詩學黃金時代的盛唐，最璀璨的詩星，沒有不因學禪而使其詩華熠燁萬古的。合理的說，打從盛唐開始，古典詩華便領有了摩訶迦葉（Mahā-kāśyapa）拈華微笑的意緒，以佛說，「我今所有無上正法，悉以付囑摩訶迦葉」故。是以在二十一世紀創作近體詩的胡爾泰，一旦徹達「鐘鼓更安禪」，自有使詩華光照來諸，勝義（paramārtha）意境獨出的功能，對未來轉勝嘉構之所出，允宜學人拭目以待。

今人古體

蔣苕生說：「宋人生唐後，開闢真難為。」就古體詩或近體格律而言，可以說今人生於唐、宋、元、明、清之後，

在二十世紀亂體自由詩大行其道的中國詩壇，意欲取法江西派詩人，以陌生化手法破體出位，再建高屋，乃至於重塑一切的峰頂，可以說難上加難。加諸民國五年八月二十一日，胡鐵兒自美致書陳仲甫（1879-1942），首倡新文學革命百年來，[6]仍繼續稟承傳統形式創作古典詩的詩人，雖不同於廢科舉（1905）前的儒生，一朝發蒙，即從吟詩作對始，而終日陶然於「子曰《詩》云」深宏的詩教氛圍中，受《詩經》一路下來的大傳統，薰習日久，浸潤既深，而把古意、古法，內化為再創作實踐的典據，與技法仿效，以致千人一面，難有風華別標者秀出騷壇。但在二十世紀以迄於今，仍繼續採行古體或近體寫詩的主要詩人，至少也是學壇中，即使不是身預學界者，也是雅愛古典的名士。因此，專意於古典詩，以其不再應付場屋所須之故，轉而成為個人興趣之所鐘。從接受美學的視域來看，不難見出其對古典詩的仿擬學習，用力不下於儒生。而這就發生了今古習詩者所共同面臨的問題，那就是古典典範之作讀深識廣了，便會在寫詩時，或有心、或無意的從自家筆下，以其「思接千載」、「視通萬里」的「神思」，在吐囑之際，潛轉而出，而胡爾泰亦自不能例外。

　　茲舉數例，以見一斑。胡爾泰〈春夜烏來野浴〉詩云：「野地無人蛙自鳴。」韋應物（737-791）〈滁州西澗〉詩云：「野渡無人舟自橫。」〈中秋夜與諸友會讌其樂融融以詩

6　胡適選編：《中國新文學大系・第一集・理論建設集》（上海市：良友圖書印刷公司，1938年），頁34。

記之〉詩云:「月從今夜明。」杜甫〈月夜憶舍弟〉詩云:「露從今夜白,月是故鄉明。」〈春夜讀李白〉詩云:「祇為從來作詩瘦。」李白〈戲贈杜甫〉詩云:「借問別來太瘦生,總為從前作詩苦。」又云:「一朝被讒君王側。」廣大教化主(772-846)〈長恨歌〉云:「一朝選在君王側。」〈白河道上見木棉著花〉詩云:「立身須及早。」漢人《古詩十九首・迴車駕言邁》詩云:「立身苦不早。」〈蒙古行〉詩云:「雲低平野闊。」杜甫〈旅夜書懷〉詩云:「星垂平野闊。」〈望月〉詩云:「幽人都未眠。」韋應物〈秋夜寄丘二十二員外〉詩云:「幽人應未眠。」〈癸巳仲春訪夢雨於平鎮見彼臨案揮毫風雷頓生乃賦詩記之〉詩云:「桃李春風故舊來。」黃涪翁(1045-1105)〈寄黃幾復〉詩云:「桃李春風一杯酒。」〈登雲仙樂園〉詩云:「一道銀河落九天。」李白〈望廬山瀑布二首〉其二,詩云:「疑是銀河落九天。」〈春日即事〉詩云:「蓬萊日暖玉生煙。」玉谿生〈錦瑟〉詩云:「藍田日暖玉生煙。」又云:「鑼鼓喧天春意鬧。」宋祁(998-1061)〈玉樓春・春景〉詞云:「紅杏枝頭春意鬧。」〈觀音鄉莫內花園賞蓮遇雨〉詩云:「秋來蓮葉翠田田。」不著作者名漢詩〈江南〉詩云:「蓮葉何田田?」〈來青閣春日即事閣在板橋林家花園〉詩云:「十里清香排闥來。」王介甫〈書湖陰先生壁二首〉其一,詩云:「兩山排闥送青來。」〈億載金城懷古〉詩云:「賢哲早乘仙鶴去,獨留老樹響嘉聲。」崔顥(704?-754)〈黃鶴樓〉詩云:「昔人已乘白雲〔黃鶴〕去,此地空餘黃鶴樓。」〈成吉思汗詠〉詩云:「萬國衣冠拜金帳。」王摩詰〈和賈舍人早朝大明宮之

作〉詩云：「萬國衣冠拜冕旒。」〈不老溫泉〉詩云：「無樹不飛花。」韓翃（天寶十三〔754〕年進士）〈寒食〉詩云：「春城無處不飛花。」

　　單就古體、近體形式而論，並非在既成的文體中，以賦的手法，或比、興並用，置入近代（1842-）以來的新事物，就能使古典詩別開生面。這樣的嘗試，早在一百多年前，主催「詩界革命」的晚清詩人黃遵憲（1848-1905）筆下，就進行過了，如〈罷美國留學生感賦〉詩云：「溯自西學行，極盛推康熙。算兼幾何學，方集海外醫。」〈八月十五夜太平洋舟中望月作歌〉詩云：「九州腳底大球背。」〈倫敦大霧行〉詩云：「吾聞地球繞日日繞球，今之英屬徧五洲。」然而，這已足以說明內容與形式的關係，既具有內在的規定性，又在內容上具有時代特有的嬗變性。問題是這樣的問題，在《詩經》作者羣六義並陳的創作上，沒有產生書寫與審美的障礙，而且在歷朝的詩人筆下，也都能塑造時代與個人的風格，是以不論當代詩人是採用古典詩既成的形式進行詩文本書寫，還是以亂體自由詩，更創新猷，詩學做為全人類最早形成的文體學體製，從一開始時，便領有創造文化的力用，而人類相異於禽獸者，祇在文化的傳承上，具有繼承的能力，與創新的自覺。就繼承而言，必有以各種可能的思想運動形態，與創作技藝所擬構出來的藝術表現，以古為今用的互文性效應存在，王摩詰、李白、杜甫、蘇東坡（1037-1101）、黃公度如此，胡爾泰又焉能置身事外，故古為今用，恰足以體現其學殖之所在，值得鑑賞家留神。

結語

　　從文藝學發生學的視域來看，不論文字之有無，詩歌既是人類最早的話語藝術，這說明了人天生皆具詩人的稟賦，唯此一先驗的天賦，是否得到發用，不僅與個人的氣質與才性、才具有關，更與後天的語言能力、詩學教養、文化學殖，以及表達能力，同具二而一的一體兩面性。自我國古體詩，從常民的口頭傳詠，到風雅著錄，到接受印度古典詩學啟發的聲律，而在最終形成近體的定式，且行諸千餘年以迄於今，寫古典詩的雅士，仍所在都有。但有一個值得被學界關注，進而嚴肅看待的現象，卻在二十世紀下半葉被嚴重忽視了。那就是當代學者對時人所創作的古典詩，沒有給予應有的重視，並將之上升到學術的高度來研究，甚至連寫詩話的傳統，也在劉衍文（1920-）撰著《雕蟲詩話》之後，[7]斷去了學脈。今次，謹借略申胡爾泰詩學所見餘墨，提出「知我者謂我心憂」的憂思，用蘄學人重張論評時人古、近體新章之青目，是則《好花祇向美人開》，在中國傳統文化復興大潮，已快馬加鞭推向全球化的二十一世紀，再續黃公度意，以既有的形式，受納新思維，並使之遍地開花以時，是為後望。

法鼓佛教學院佛教學系助理教授吳明興

民國一〇五年二月五日寫於雲端華城

7　劉衍文著：《雕蟲詩話》，張寅彭主編：《民國詩話叢編》，第六冊（上海市：世紀出版集團、上海書店出版社聯合出版，2002年）。

自序

　　唐宋詩家不下千百，各擅勝場。就朝代而言，唐詩與宋詩風格迥異：宋詩重義理，好言說，朱子詩句「問渠哪得清如許？為有源頭活水來」為箇中翹楚；唐詩則以情韻見長，不假雕飾，不必用典。張祜詩句「一聲何滿子，雙淚落君前」，不僅感動古人，千百年來亦賺足凡人熱淚；李白詩句「浮雲遊子意，落日故人情」，不僅遊子故人各有所託，浮雲落日亦交相呼應；韋應物詩句「浮雲一別後，流水十年間」，別出心裁，在浮雲之外，另開出「流水」意象以相襯；王維詩句「來日綺窗前，寒梅著花未？」不問故鄉人事，卻關懷寒梅著花否，鄉情自蘊其中；岑參詩句「馬上相逢無紙筆，憑君傳語報平安」，短短數語，情意綿長。白樂天詩句「又送王孫去，萋萋滿別情」，以春草之繁榮蔓衍喻詩人情感之豐沛綿密，情景交融（情之淒淒一如草之萋萋），自能感人肺腑；柳宗元詩句「欲知此後相思夢，長在荊門郢樹煙」，昆仲之情，溢於言表；李義山〈夜雨寄北〉詩：「君問歸期未有期，巴山夜雨漲秋池。何當共剪西窗燭？卻話巴山夜雨時。」鶼鰈之情纏綿悱惻，跨越時空。綜觀唐詩五萬餘首，類此之例多如繁星，不勝枚舉。余讀唐詩四十餘年，受沾溉者亦夥矣。

詩之所尚，有主神韻者，有主性靈者，有主格調者，要皆歸於「自然高妙」一柸（姜白石語）。所謂「自然高妙」者，語出自然，一無湊泊；妙筆生花，出人意表；意在言外，不必道破是也。司空圖所謂「不著一字，盡得風流」，庶幾近之。王維詩句「行到水窮處，坐看雲起時」，以及〈辛夷塢〉詩「木末芙蓉花，山中發紅萼。澗戶寂無人，紛紛開且落」，皆有意外之情致；李白詩句「卻下水精簾，玲瓏望秋月」；杜甫詩句「請看石上藤蘿月，已映洲前蘆荻花」，劉眘虛詩句「時有落花至，遠隨流水香」，以及韋應物詩句「山空松子落，幽人應未眠」，皆語出天然，膾炙人口。四十年前，余從雨盦師（汪中教授）習古典詩，師亦以此勉之。歷經數十年之琢磨，稍得古典詩之精髓。而詩之出於情韻天然，亦余之夙志也。

本集以「好花祇向美人開」為書名，乃呼應晚唐羅隱〈水邊偶題〉詩句「野水無情去不回，水邊花好為誰開？」而來。余詩先成，偶讀及羅隱此詩，不禁驚訝詩緣竟如此之之奇！本集錄詩凡一百八十三首，含古體詩十一首，餘皆近體詩也。依書寫年代而言，始於〈戊子清明夜與揚松諸友會飲〉一詩，終於今（乙未）年臘月望日〈雪霽草山尋梅〉，為期八年。集分八輯：「醉芳吟稿」，流連花間，醺然成章；「步瀛采風」，記環島旅行所見所聞，所思所感；「浮生雜詠」，乃生命之歌詠呈顯；「閒情野趣」，因遊冶而生趣；「高山流水」，記至親好友之相知相惜；「甲午吟稿」與「乙未詩鈔」，各寫於當年，因山水而發詩興；卷末「撫今追昔」，則懷古撫今之作也。

　　本集多寄情山水、游目騁懷之作，亦多酒酣耳熱、即興
賦詩之什，一記山海之遊蹤，再記停雲之靄靄。首篇〈乙未
春半遊臺大農場池邊偶題〉一詩，雖成於乙未年，然其中詩
句「好花祇向美人開」與集子同名，故冠於卷首，而以〈成
吉思汗詠〉壓卷。末輯首篇為悼念雨盦師之作，首句云「憶
昔紅樓逢眼青」，乃呼應雨盦師四十年前（丙辰年）餽贈詩
句「一年與子眼俱青」而起。師仙逝已五載，靈魂早歸天，
骨灰滋長喬木，亦已高聳入雲。雖然人壽有時而盡，世情卻
無已時。思念及此，不禁感慨萬千！

　　此八輯之中，「步瀛采風」與「浮生雜詠」各三十首，
先後於己丑年（2009）和癸巳年（2013），獲得教育部文藝
創作獎，誠可慰也。「撫今追昔」所含府城懷古之作，亦幸
獲台南市政府文化局之徵詩優選，可謂錦上添花。雖然，詩
為心聲，不必為俗世之獎而操觚也。

　　另有值得一書者：「高山流水」一輯錄有〈賀吳子明興
得博士學位〉一詩，記吳子與余之深交也。吳博士才富學
贍，析辯無礙，蜚負詩名，享譽海內外。涉獵甚廣，擒章鋪
藻之餘，尤通曉佛學醫理。己丑年（2009）於佛光大學取得
文學博士學位，三載而後，復於湖南中醫藥大學取得內科學
專業醫學博士學位，乃今又於某佛學院獲佛學碩士後，再入
佛學博士班深造中，橫跨領域之廣，世所罕見，亦非他人所
能輕易企及也。今承吳博士撥冗為本集寫序，篇幅將因之而
光大，特此誌謝！

　　嘗云：「詩無新舊，意有古今」。古典賦詩並非雕蟲小
技，亦非無病呻吟，而實有濃情深意存焉。且音韻出自胸

臆，入於人心，非作繭自縛，實猶着舞鞋而踊古典芭蕾也。古來聖賢皆寂寞，唯有「吟」者留其名（翻轉李白詩），知詩者，當識余之別有懷抱焉。是為序。

胡尔羡 謹識

乙未年臘月

目次

一、醉芳吟稿 二十首

二、步瀛采風 三十首

三、浮生雜詠 三十首

四、閒情野趣 三十首

七、乙未詩鈔 三十首

八、撫今追昔 十三首

一、醉芳吟稿 二十首

乙未春半遊臺大農場池邊偶題兩首

皇華嘉木鳥飛回　春水漪瀾若醱醅
鳶尾悠閒朱槿艷　好花衹向美人開

開歲物華新　情多花下人
流蘇猶帶雪　鵑木早逢春
池上鴨鵝戲　林間禽鳥馴
桃源在方寸　何事去紅塵

碧山巖櫻紅欲醉賦詩記之

北山搖落碧山春　國色天香合寫真
亭上清風吹不斷　宇間誰是掃花人

阿里山櫻花如雪有感而作

昨夜春神施巧手　今朝粉黛滿山丘
和風吹落櫻花雪　應許人間見白頭

淡水楓樹湖見木蓮花

冰清玉潔木蓮花　慕道絕塵高士家
千百觀音此端坐　身心淘洗兩無瑕

春分與輝石孟宗訪天元宮兼賞櫻也

無邊花海湧琳宮　仙客優游春色融
十里繁華有時盡　神床依舊駐心中

辛卯正月初九與德徐文成春美遊杏花林

春日方酣嬌杏開　紫蜂粉蝶逐香來
天公獨眷此幽地　歲歲教人芳飲醅

雨中再遊杏花林

墟里佳園遊幾重　繁枝不改舊時容
杏花消息何人曉　嬌態依依醉裏逢

三遊杏花林

春雨時時落　山山盡杏花
雲裳欺皓雪　粉色勝彤霞
須有丹青手　豈無詩墨華
芳醪使人醉　一夢到仙家

上元日遊老泉里杏花林占得四句

雨歇水雲村　春遊千杏園
今年花更艷　猶覓去年痕

與泰暉伉儷遊苗栗夢幻桐花步道

鳴鳳山頭雲色新　野郊幽徑撲香塵
可憐四月猶飄雪　欲為騷人留住春

遊南海植物園見荷葉田田野薑花開因賦詩二首

三面蔥蘢十里荷　薰風一霎舞青娥
花間小坐宜消暑　真趣爭如水鴨多

園隅忽見野薑花　玉潔冰清未易賒
信手將來暗香動　幾多風韻入煙霞

毛地黃詠

孤芳亭立向雲高　紫珞緋瓔白玉袍
不為凡人拋媚眼　只緣貴冑自風騷

貓空茶園見魯冰花

山中來作客　歲久便成家
金傘曾兜雨　玉株新吐芽
幽香浮野地　羽扇舞春華
不懼紅顏老　凋零更護茶
（註：魯冰花，蝶形花科，亦名羽扇豆，客家人視為
母親花）

府城走春

舊城多古意　往來都搢紳
色態極容與　言語成雅馴
斯文薈萃地　典型在先民
宮廟連甲第　朝夕拜諸神
牆低翻日影　樹高早逢春
風鈴灑金粉　木棉暖且芃
羊蹄墜錦黛　煙火射蒼穹
法華敲鐘鼓　松鼠戲老榕
府中街狹仄　車水正溶溶
佳人遊冶處　不見桃花紅
（註：木棉、風鈴木、羊蹄甲、煙火花，皆府城所
植也）

三遊臺北花會

百花仙子下瑤池　　幾度尋春不肯離
芳苑千株開嫵媚　　香苞萬種競葳蕤
山陂著色渾如醉　　夢筆生華信可疑
姹紫嫣紅多變化　　霓裳舞罷盡成詩

風櫃斗賞梅

聞道山中風櫃斗　　白梅千畝在溪右
老幹新枝爭吐艷　　小如秭米大如紐
瑞雪霏霏浴山頭　　柳絮紛紛去俗垢
暗香浮動知何處　　寒風吹拂白沙走
我為梅妻鶴子來　　不見林逋見老婦
老婦為我言　　天地心長守　　萬物皆為友
西泠孤山誠可羨　　妙筆生花名不朽
感此老婦言　　跮足沈吟久
歸來書寫二三卷　　縱不流芳亦覆瓿

陽明山早櫻

梅花未謝早櫻紅　　點點硃砂在碧穹
已為草山傳喜訊　　更先春雨吐長虹

水筆仔

菜荑翠玉小蠻腰　棲岸成林護海潮
隨遇安家水中筆　隕身只為壯胎苗

二、步瀛采風 三十首

漁人碼頭

波光瀲灩映斜暉　　風盪歌聲到翠微
鰲客漫拋絲線去　　騷人占得浪花歸

關渡賞鳥

高翹鴴鳥弄春姿　　白鷺于飛蒼鷺隨
天令雙河來此會　　鳴禽野鴨共芳茨

草山春

萬卉自芳菲　　千紅點翠微
櫻華搖落處　　未忍拂春衣

遊草山

城內宿寒猶未褪　　草山春色已三分
遊人絡繹尋芳跡　　驚動嶺頭酣睡雲

北投龍鳳谷郁永河採硫處也

漬地湧溫泉　　白雲停樹顛
龍巖遮鳥道　　鳳谷起狼煙
變世萬花筒　　棲身三畝田
先人採硫處　　竟日欲流連

平溪天燈

九色天燈飛夜空　　萬千宿願上蒼穹
繁星隕落平溪外　　殘念猶存心宇中

元宵即事

金吾不禁慶元宵　　童稚提燈過小橋
射覆分曹得春意　　相忘景氣已蕭條

己丑季春訪林煥彰於九份半半樓

面海依山半半樓　　無邊春色眼中收
霧來霧散皆風景　　騷雅誰占第一流

九份懷古

山城春欲暮　趄趄老街行
宿店鼎聲沸　新茶金色清
霧從谿谷起　雲向碧天橫
古事難稽考　風亭待月明

草嶺古道上有劉公虎字碑

秋風蕭颯白芒花　越嶺穿雲無盡涯
蔓草荒煙遮古道　先人碑在莫長嗟

佛光大學見油桐花

春暮油桐花正開　五星拱月白雲堆
佛門清淨無人理　色態自新香自醅

訪寒溪部落

寒溪部落草萋萋　疊翠層巒入眼迷
泰雅族人今尚在　貝衣文面和天倪

花東道上

姹紫嫣紅駐馬看　錦波逐浪到山巒
春風拂面撩人意　欲寫丹青下筆難

池上花會

東風送暖應花期　草卉芃芃覆美陂
有幸初來池上會　無邊春色盡成詩

關山落日

彩霞絢爛滿天隅　一片歸帆有若無
滄海多情啣半日　不教鷗鳥晚來孤

南橫春日即事

平明即起登海端　路轉峰迴不勝看
蒼柱巍峨插峽谷　白雲舒卷偎山巒
小峰奇崛似虎丘　大山蜿蜒如臥牛
牛頭直探三千米　欲飲溪澗東流水
冬去春來不經意　流年偷換成風景
櫻華綻開下馬地　桃紅醉上摩天嶺
楓香殘葉欲凋歇　李樹新枝猶帶雪

向陽道上尋春客　接踵摩肩留吟屐
人來人往無定向　恰似埡口行雲散復積
天池映翠有杉柏　梅山立石安魂魄
安魂魄　血如碧　梅花點點鳥空啼　夕陽斜照茗濃溪

不老溫泉

山中春色早　絡繹芳菲道
無樹不飛花　有泉名不老
水清拊玉肌　天闊還顛倒
美人洗凝脂　君子懷香草
沐浴金黃裏　方知夕陽好
我欲沈醉去　舊林噪歸鳥

墾丁春吶

南國椰風溫且賒　狂潮日暮湧黃沙
飆歌只為留春住　熱舞頻驚海角家

七股潟湖土人以養蚵

碧波千頃水連天　倒插桅杆疑是船
興得近身看仔細　始知滄海變蚵田

鹽水元宵蜂炮

野蜂齊發滿庭燒　萬道金蛇竄九霄
烽火餘生驚似夢　急溪今夜漲春潮

謁八卦山佛寺

古寺幽深點佛燈　大雄寶殿老孤僧
我今叩首連三拜　不問來生問永恆

日月潭

九龍朝案水連沙　浮嶼珠潭山奈花
伊達邵人何處去　莎車草密有魚蝦

鹿港天后宮

湄洲靈氣到瀛洲　佑濟群黎鎮海陬
士賈添香安太歲　漁民祝嘏奉珍饈
文昌賜筆開新運　媽祖回鑾掃舊愁
景氣復甦終有日　人謀有賴更神庥

三義木雕

神雕村裏溢芬芳　水美大街如畫廊
奇木天然成雅趣　名師巧手變琳琅
攀行坐臥成千態　仙佛人禽共一堂
枯樹生稊誠可慰　魯班不見此心傷

苗栗桐花季

溪谷織春文　嶺頭連白雲
龍騰斷橋處　花雪落紛紛

北埔即事

暮春三月落桐花　點點白梅飛客家
小鎮遊人似潮湧　頻呼店主擂新茶

鶯歌老街陶瓷

威鎮鶯歌四角窯　尖山埔路一間陶
晶瑩剔透和闐玉　艷色遄飛交阯燒
官冶純青知火候　民爐發紫任逍遙
人生渾似拉坯土　修短方圓各自雕

己丑婦女節值瀛社百週年慶有感而作

瀛社恢弘才子多　躊躇七步自吟哦
百年擊缽開文運　綵筆還須紅粉和

清明見綬草花

雨後清明綬草花　青龍盤柱吐煙霞
園中春色留多少　紫蝶翩飛百姓家

春夜烏來野浴

天闊星稀月不明　荒溪騰氣暗潮生
揚湯只為修春禊　野地無人蛙自鳴

三、浮生雜詠 三十首

題夢雨畫牽牛

乾坤施化育　璀璨野籬東
吹笛人歸去　牽牛花自紅

觀明十八學士圖有感

攬盡風流學士家　剔犀雕案牡丹花
撫琴揮墨吟哦日　胡馬邊城狂捲沙

中秋夜與諸友會讌其樂融融以詩記之

銀輝流大地　秋色滿京城
緣自前生始　月從今夜明
鹿鳴因鼓瑟　鶴舞更吹笙
又向爨花去　仰觀河漢清

武陵農場見櫻花

四時遞嬗偶然風　谷地千櫻一夜紅
錦絮繽紛迷小徑　芳枝連理蔽晴空
老松遒勁寒猶在　春水舒波花與同
遠客徜徉山景妙　武陵人去杳飛鴻

春夜讀李白

春日遲遲寒猶透　春夜濛濛雨初溜
燈花映壁影清癯　只為從來作詩瘦
喚起仙靈來共舞　氣勢如虹猛如虎
飛天揮袖彩雲生　寶劍出匣月初吐
胡姬美酒醅詩芽　一日吟遍長安花
長安城裏歌舞盛　風流倜儻第一家
武略文韜追子房　灑脫飄逸邁羲皇
一朝被讒君王側　冒死投荒走夜郎
夜郎路遠迷津渡　關山險阻行道難
行道難　不憶君王憶長安
憶長安　浮雲蔽日心未殘
謫仙飄杳知何處　祇今惟有卷中看

閨思

閨中顏色好　簾外生春草
終是有情人　滿庭紅不掃

過武陵茶園

靄靄行雲過兆豐　櫻花樹下綠蒙蒙
遊人潮湧酣春色　未覺金萱鬱勃中

府城春

城古諸神佑　心和萬物親
低牆無礙日　喬木早逢春
煙火添花色　羊蹄揚粉塵
風鈴搖落處　俯拾有佳人

傅園懷古

古木參天日晟深　雀榕椰影共清陰
黃泉碧落開基業　青史洪鐘遺大音
神殿恢弘埋聖骨　尖碑高聳入儒林
高風亮節陽春雪　想見英髦不可尋

白河道上見木棉著花

偉哉木棉道　綿延到幽渺　羅列還張燈　映帶來相繞
巨幹欲擎天　春來發窈窕　一夕盡開顏　始信神工巧
瑪瑙綴橫條　酒卮接蒼昊　粉黛墜飄風　芳魂亦裊裊
行人逐香塵　不比洛陽少　自然成高妙　塵世多苦惱
英雄逢蹇阨　瘠骨埋荒草　感此傷懷抱　立身須及早

大年初二遊清境占得四句

春神點眾巒　　仙境滿櫻丹
裁得殊方景　　歸來乘興看

夜宿南投山水緣

碧湖千頃泛清波　　錦樹繁花織綺羅
品茗歡言燈蕊落　　閒情還比野雲多

陽明山遊春

夙愛此丹丘　　開正三度遊
寒梅凋未盡　　春樹碧先酬
花點羣山秀　　鳥鳴嘉木幽
不妨居嶺上　　朝夕攬雲悠

春日走信賢步道時見奔瀑飛灑林間

南勢蜿蜒溪澗清　　雨餘春景更澄明
青林郁秀翻新畫　　白瀑湍飛濯舊纓
山色不隨雲色改　　水蛙常早樹蛙鳴
浮生已是黃粱夢　　行樂何須到玉京

蒙古行

昔時耽懷想	今日始得遊	雲低平野闊	山靜小溪幽
孟秋草猶綠	牛羊還牴犢	四海盡成家	千里皆放牧
天幕起炊煙	氈帳備肥鮮	新交如故舊	酬酢盛開筵
大啖羊羔肘	暢飲馬奶酒	興來舞且歌	豪情穿戶牖
唱罷敕勒曲	復吟天地悠	且樂今生事	不愁歲月遒
偶然來風雨	都交付北流		

望月

皎皎中天月	雲間升復沒
幽人都未眠	惟恐清輝歇

癸巳仲春訪夢雨於平鎮見彼臨案揮毫風雷頓生乃賦詩記之

胸懷磊落藝門開	桃李春風故舊來
綵筆千鈞揮腕底	十方天地起輕雷

上巳日遊烏來是日天朗氣清鳥鳴人和

閒來修禊事　溪畔洗緇塵
目眺雲和水　坐忘秋與春
草花皆異品　禽鳥共吾親
朝市無真意　葛天猶有民

內洞觀瀑遇雨

千嶂飛瀑盪雲開　七海游龍齊吼雷
白練層層披峭壁　清流疊疊映崔嵬
深林穿雨迷青眼　亂石漩湍落玉梅
我欲揚帆逐春水　繁絃急管莫相催

讀晉書謝安傳

風神秀徹出甲族　悠然遐想輕名祿
摩山點水留吟屐　琴棋自娛守幽獨
朝廷累辟猶不至　窮達不改東山志
扶搖直上鯤化鵬　登車攬轡青雲意
羌敵寇邊四郊壘　運籌帷幄如臂使
旌旗蔽日鞭斷流　百萬雄師付流水
驛書傳捷強虜滅　對客圍棋心似鐵
神色自若無喜容　穿隄不覺屐齒折
自古英雄率如此　羞與凡夫爭故轍

雨中遊醉月湖

刺桐吐艷雨酥酥　垂柳生波醉月湖
湖上碧亭棲翠鳥　老魚吹浪種珊瑚

浴八煙野泉

翠谷濛濛起八煙　嶔崟亂石湧硫泉
偶來端坐醍醐浴　出水芙蓉七寶蓮

讀山海經大荒西經

禹甸西陲是大荒　有民三面女媧腸
十巫升降靈山處　瑤母穴居迎穆王

暮春與良正參訪蒲添生雕塑紀念館觀其運動系列之作巧塑人體渾然天成不禁嘆為觀止

迴旋俐落自悠閒　搏土成姿鑄玉顏
人世浮沈千百態　嬌妍只在捏揉間

詣保安宮謁保生大帝醫藥神也

道濟羣生大帝功　馨香俎豆九州同
凡軀老病誰能免　瘳愈常於方寸中

觀米開朗基羅特展大衛王與垂死奴像

哀奴垂死帝王尊　雕飾天然兩竝存
敲擊琢磨流血汗　欲教頑石釋靈魂

久旱逢雨

懸象失衡雲雨乖　鋪天蓋地只陰霾
忽然一夜春雷動　溝壑枯魚亦敞懷

春三月偕妻遊苗栗賞桐花占得二首

鶯啼燕語草萋萋　花落繽紛路轉迷
拾取芳菲頭上插　不教委化作春泥

萬物逢時生意多　千山萬嶺泛銀波
暮春三月風飄雪　香徑行人相接摩

夜思

夜不成眠為賦詩　拈鬚搔首覓新詞
浮聲切響云何益　窗外窅冥啼子規

四、閒情野趣 三十首

戊子仲夏日與家業同登皇帝殿賦得兩首

林木蒼蒼日欲曛　峯巖陡滑絕檠羣
玉人遄興吹橫笛　震落山巔幾朵雲

欲朝帝闕上天梯　龍脊嶙岣雲海低
寶殿森羅無覓處　不如早下武陵溪

故宅曇花開暗香浮動占得一首

小閣清香發　涼風搖皓月
幽人夜未眠　祇恐芳菲歇

再登皇帝殿避雨佛光寺中聞寺即將沒入官府
不勝感慨

山林滴翠濕苔階　兩度尋仙攀陡崖
皇帝殿中香客少　嶺風如浪向人排

蟬雨聲中梵唄聞　驚雷劃破嶺頭雲
可憐佛祖無邊法　不敵官家一紙文

雨中登白米甕砲台

海畔山巔古砲臺　　石階殘壘長青苔
狂風帶雨春潮急　　疑是千軍萬馬來

吉安道上

吉安道上雨初殘　　綠野平疇任眼看
油菜花香邀粉蝶　　波斯菊艷勝幽蘭
積雲如雪覆蒼頂　　騰氣成嵐浮翠巒
風景由來此心造　　不須慨嘆路行難

仲夏登九份基隆山

天闊雲低暑氣生　　蜿蜒古道少人行
峰頭極目窺寰宇　　不見山高見海平

孟秋與家業遊萬里登鹿堀坪古道

頭前溪畔草萋萋　　古道蜿蜒入眼迷
追躡野牛蹄印去　　蟬聲飛瀑鹿坪西

再登鹿堀坪

平林秋色自芳菲　飛瀑成潭映翠微
新蝶不隨風共舞　故人採得野薑歸

棲蘭

棲蘭山上木森森　三水攢流弄碧岑
千手胼胝披草莽　四時松櫟飫猿禽
賦詩橫槳痕猶在　擊楫渡江星已沈
留取楓香薰晚節　春暉煦煦到秋陰

（註：棲蘭地處宜蘭大同鄉，山上林木蒼蒼，山下三水
匯流，風景絕殊。棲蘭山莊與蔣公行館在焉，枕山面
水，巍然聳立。朝暉夕陰，盡收眼底；雀呼鶯啼，不時
盈耳，誠養性怡情之寶地也。）

戊子秋日訪彭氏於六龜明心妙意園園中花木扶疏五彩繽紛間有清香入鼻賦詩二首記之

秋氣罷舒塵慮消　憑欄遠眺聽江潮
佳人興至花間立　欲與羅蘭爭晚嬌

荖濃溪畔野薑花　露白秋深月吐芽
沙渚風迴香氣滿　高談契闊勝仙家

錦聰邀宴於金山海悅樓時立秋方過巨浪排空誠壯觀也

海角聽濤萬壑松　淥波白浪幾千重
狂風掃廓無星月　留取潮聲夜自舂

野柳地質公園

仙人掌落自岩生　赭石嶙峋地不平
千浪八風吹不動　肌紋猶作海波聲

登雲仙樂園

一道銀河落九天　乘風御電上雲仙
向陽亭閣春先到　數點紅櫻撲眼前

山容一歲幾番新　靚女開顏迎瑞賓
野肆已無羌肉味　郊原猶有武陵人

法華寺聽蟬寺在府城

冉冉日西遷　倚榕聽暮蟬
御林鞭駟馬　妙手撥繁絃
雨打千家曆　風吹萬仞巔
成仙非所願　鐘鼓更安禪

坪林茶館小憩

偶隨秋雨到山家　　紅粉佳人沏好茶
閒話桑麻不知晚　　明朝涉水覓薑花

重訪寒溪部落泰雅族居地也

寒溪漠漠長蒿藜　　彩蝶翩躚野鳥啼
歌舞方酣山谷動　　觀魚濠上日頭西

南園秋日

金風颯爽宿雲開　　水淨窗明映翠臺
彩蝶翩飛花影動　　鳥呼應是儷人來

遊湖南桃花源有感而作

花開花落不知春　　靖節歸田一派真
老道持香要客拜　　武陵誰是問津人

雨中登天門山

索道如梭穿霧中　　周迴十里盡朦朧
天門山頂凌霄殿　　不見仙人見玉葱

御筆峰峰在張家界

天外飛來御筆峰　龍章雲篆玉芙蓉
生來不具仙人種　何事攀崖尋帝蹤

庚寅仲夏走金瓜寮溪有感

脫出紅塵網　回歸白澗中
天人渾一體　宇宙在微躬
游目成風景　聞聲覓草叢
徜徉歡有日　俛仰意無窮

淡水遊時春分前夕也

船頭春欲半　滬尾老街行
爽口香椿餅　生津魚翅羹
廛中人語沸　河畔艤舟橫
閒坐風林晚　滄波待月明

書懷

詩海沈潛三十秋　也曾搦管寄煩憂
文章高妙何人識　我自吟哦風自流

壬辰中秋前夕訪吳國君於淡水海景山莊

山勢崔嵬海景開　紫薇日夕落秋醅
美人有幸花間住　藹藹松雲入牖來

暮秋過聰輝宅見仙佛木雕琳瑯滿目神態殊異發人深省因賦詩記之

窮經研典若春茶　偶得<u>文昌</u>賜桂華
意馬心猿收拾盡　神光長照玉人家

擎天崗道上

山陰道上屐痕輕　雨霽煙籠<u>冷水坑</u>
<u>牛奶湖</u>青懸曉鏡　<u>絹絲瀑</u>響咽泉聲
露枝嫋嫋春心發　溪籟淙淙花木榮
駐足草原游目望　羣峰聳立把天擎

五、高山流水 十首

戊子清明夜與揚松諸友會飲言談甚懽歸而賦詩記之

花落春將暮　　雨收天轉藍
梁園賓客散　　金谷語聲甘
綠螘催詩興　　朱顏對酒酣
清明秉燭夜　　往事不須譚

己丑陽月滿銘師設宴於彭園余幸躬逢其盛即席賦詩一首

雨落鵬城添暮寒　　桑榆晚景有餘歡
彭園今夜傳新盞　　千載功名醉裏看

己丑季冬家麟邀宴於紅爐把酒言歡極興之至也

臘鼓頻催歲月徂　　厄言醉語在紅爐
主人更勸一杯酒　　墨客清吟滿坐隅

訪傅祚居士於菁山別業

山中更甲子　　人世幾多年
念我拘塵擾　　羨君營福田
行雲無礙眼　　迷蝶數停肩
參法亦云樂　　心安成好眠

劉建基教授甫自政大退休感昔日之知遇賦詩贈之

文章千古寸心知　學問無他在慎思
桃李春風三十載　高山流水遇君時

賀吳子明興得博士學位

大暑方過爽氣清　吳君今夜轉旌縷
才高八斗非常見　學富五車終古明
裂土封侯無季札　引光鑿壁有匡衡
人生得意須遄興　美酒三千為爾傾

人日與漢平長寬有志飲茗於六季香茶坊

春暖風迴千樹花　茗香六季不矜誇
平生契闊沽名利　爭勝閒情鬥老茶

秋夜立民邀飲宿於星月谷

竹山春色杳無蹤　鹿谷秋情茶正濃
幸得夜來星月谷　銀輝閃爍舞魚龍

贈安琪拉

櫻色十分花滿枝　美人容與自成姿
春潮如湧終歸去　只恨相思無已時

乙未孟冬重遊醉月湖偶得一絕寄方明

摘星樓畔野薑花　醉月湖邊金露華
朔氣寒來春尚在　不隨鴻雁逐天涯

六、甲午吟稿 二十首

孟春遊茂林國家公園占得四句

昨夜雨菲菲　今朝映翠微
行人偶留駐　蝴蝶自由飛

荔園春色

山青水綠鳥鳴園　瓜果流香何處村
飲罷春茶看雲去　羅衫輕解欲銷魂

觀山東三仙山奇景因賦一絕戲贈葛平

道士夸言說玉清　世人漫想造蓬瀛
雕樓繡閣天仙在　爭勝山西有葛平

謝聰輝教授嫁女賦詩賀之

窈窕娉婷出謝家　若耶溪畔浣羅紗
郎騎白馬翩然至　載得人歸剪燭花

仲夏與蔣氏伉儷遊大溪飲湖光食山色賦得一詩

穀雨早收梅雨翩　雙峯飄渺水漣漣
花香薰得佳人醉　還與山精共飫鮮

仲夏重遊拉拉山占得兩首

白雲舒卷在山巔　紅檜巍巍薄九天
焉得麻姑更添壽　共看滄海變桑田

植根岩壁幾千尋　昂首雲天一片林
禁得萬年風雨過　猶聞藍鵲囀清音

仲秋與嘉煒諸友夜遊深坑忽見明月當空有感而作

涼風拂面近中秋　古道飄香晚更幽
山月偏憐孤釣客　塵聲不到渡船頭

下元日與友人遊蘭嶼青青草原賦得二首兼寄佑中小宇

大海蒼蒼雲海茫　草坡紆曲走山羊
韶光易逝誰珍惜　記取情人看夕陽

礁石纍纍白浪生　芒花搖曳影痕輕
紅頭嶼上人初靜　夜聽海潮澎湃聲

風櫃斗賞梅

臘月寒初透　千枝盈雪秀
谷中多俗人　獨把梅花嗅

睹碧潭舊影感韶光之驟逝歎芳華之虛度因賦此詩

滄海桑田是幾秋　鼉船昔日溯溪流
碧潭坐看楓林晚　不覺少年成白頭

夢回蘭嶼

<u>紅頭</u>五月百花開　萬翅飛魚入夢來
礁石灘頭弄潮會　海珠噴薄上窗臺

月夜與明琪會飲於歐舒丹咖啡館

燈華如畫照紅粧　小館時蔬亦可嚐
茗飲咖啡並薰草　幽人一夜盡聞香

雨中與家業重遊平等里賞櫻

春神巧手織雲紋　微雨翩臨覓舊聞
十里櫻花空吐豔　佳人遠逝絕羅裙

每歲十月台北舉辦國際藝術博覽會萬國高手雲集盛況空前

萬派千宗游藝家　流光飛彩滿京華
人生七寶玲瓏樹　孰著高枝第一花

仲冬十有二日觀詩書展於市長官邸

和風簷雨說滄桑　老幹新柯映煦陽
昔日繁華歌舞地　于今翰墨溢詩香

齊東詩舍古為官舍今為文人聚會所屋頂採寄棟造玄關西側設詩牆時有騷人題詠其上

齊東詩舍久彌新　古往今來不染塵
黑瓦重檐棲舊燕　白牆寄棟會嘉賓
運籌帷幄將軍計　搦管花箋騷客頻
仙士已乘凡鳥去　且留一晌詠龍鱗

卡瓦利亞劇團於南港展覽館帳篷演出人馬合一出神入化爰賦詩記其事

飄騎游龍出泰西　　奔騰踊躍轉虹霓
山風疾疾吹鬃鬣　　水幕重重濺馬蹄
天外降仙真夢幻　　園中馳影更神迷
人駒異類心相契　　一體穿摩雲彩低

遊饒河夜市啖美食飲瓊漿賦得七律

燈火輝煌日已晡　　東坊西肆競相呼
胡椒餅內山珍少　　甘貝燒中海味敷
新出奶茶柔似玉　　古傳豆餡軟如酥
老饕大啖千般炙　　未見文君當鼎爐

七、乙未詩鈔 三十首

乙未年初三戲為一絕句贈李孟宗

煉精化氣久成仙　　李祖修真北海邊
三斗高粱猶不醉　　直稱滄海是吾田

與漢平諸友貓空走春隨筆

春日尋芳山幾重　　千柯百卉展姝容
一番風雨添新綠　　花自飄零水自溶

風鈴木

熠熠金華襯白雲　　風吹花雨落紛紛
人生倥傯多塵擾　　天籟韶音安得聞

春日即事

蓬萊日暖玉生煙　　朱綵連燈宮廟前
鑼鼓喧天春意鬧　　祥獅舞出太平年

淡海夕照

波澄海靜水連天　　斜照灑金歸鳥旋
飄渺白帆何處去　　我心澎湃湧雲邊

雨中重遊臺大校園見繁花零落殆盡占得一絕

前朝花欲醉　今日多憔悴
萬物有榮枯　古樟猶滴翠

承天寺禮佛賞花兼懷廣欽和尚

慈風法雨度群生　古寺鳴鐘覺有情
嶔磊上人遺澤在　花開花落靜無聲

暮春三月漫步新店溪畔偶得一絕

溪水鎏金草木舒　鳥飛霞岫返巢居
沙洲夜鷺都延頸　盼得月明尋鮒魚

三月杪與漢平諸友會飲於八里水芙蓉

觀音山上白雲飛　淡水河中映翠微
欲覽名花兼勝景　閒來左岸品咖啡

夏日與韻玉小憩於淡水河左岸水芙蓉咖啡館賦得兩首

繁花吐艷似三春　　看水聽風堪養神
百歲人生白駒逝　　為君摹寫一時真

山隈水涘絕塵埃　　異卉奇花自在開
醇酒佳人邀入夢　　芙蓉仙子踏波來

雨中訪雪山神木

古樹參天目欲窮　　松林滴翠玉葱蘢
雲開霧合霎時變　　神木千年風雨中

李教授豐楙榮退賦詩賀之

乙未干戈事已平　　此時雲淡復風輕
馬融設帳百家繼　　景德傳燈千載明
李杜文章驚七海　　張王神術動三清
聖賢偉業承餘緒　　道脈綿延到鶴鳴

季夏望日訪龔華於新店繭居即席賦詩

南國有佳麗　　俯仰在繭居
朝攬山間秀　　夕讀稷下書
往來無俗客　　談笑有通儒
揮毫花箋上　　雲霞與之俱
撫琴松風曲　　吟詩明月廬
但憂綵筆禿　　不愁食無魚

新店溪畔野牡丹為颱風所敗

昨夜颱風過　　草木多搖落
弱者墮其枝　　強者折花萼
昔日展姝容　　今朝失綽約
偶見一點紅　　風華轉蕭索
生滅本無常　　蒲柳欣所托

仲秋與師大公訓系故生會飲於陶然亭

一年雲水復相逢　　鴻雁歸來尋故蹤
且共陶然亭上醉　　江山易改舊時容

曼娜贈食南瓜蛋糕戲為一絕句

南瓜糕點泛金黃　巧手蘭心織蜜房
莫歎白雲歸故岫　鮮圓猶透美人香

杜鵑颱風後半月重遊雲森瀑布有感

坡路蜿蜒到樹顛　雲森飛瀑洗凡鉛
縱然風雨摧山石　夙念不隨陵谷遷

去年潭水清　白灩戲青娥
今歲潭水濁　怪石列嵯峨
水清復水濁　爭舭下山阿
萬物無常態　憂思一何多
不如放舟去　明月聽滄波

暮秋再宿星月谷

一年兩度向南投　勝水名山都帶秋
露冷霜華人不寐　可憐孤月掛枝頭

霜降後二日小半天見櫻花

暮秋楓葉醉山巔　九月櫻林紅半天
莫道神祇更甲子　花開花落自悠然

京都楓紅

九月拂金風　古都秋色早
芳甸草猶青　霜枝楓葉老
天容渾欲醉　庭階紅不掃
東皇開朱筵　此地無青鳥
禪寺盪鐘聲　聲聞十里道
仙客降紛紛　行人語悄悄
忽聞三絃音　跌宕傷懷抱
我欲摹寫真　繁華皆飄渺

觀音鄉莫內花園賞蓮遇雨

千朵蓮花一夜開　紛紅駭靛漫池臺
秋華舒卷悠然見　不必濂溪周子來

秋來蓮葉翠田田　乍雨還晴花欲燃
風拂柳條芳影動　雲光滑過水中天

見洪老班長偕夫人出遊有感

結髮三千縷　同衾五十年
鬢鬚銀復短　鶼鰈老彌堅
登陟嘗攜手　相知不撥絃
來生如可待　再續此生緣

聞封德徐重返出生地徐州醫院有感而作

戎馬倉皇去故園　蜩螗鼎沸亂中原
江山已改人情在　老淚縱橫壓舊痕

乙未年葭月遊三貂嶺淡蘭古道支線也

小徑風寒草未凋　尋幽訪勝上三貂
穿雲涉水疑無路　嵌石懸梯卻有橋
千木新芽邀羽翮　百年古道走漁樵
先民已杳遺痕在　飛瀑成川入海遙

新店溪畔獨步

暮雨方收月未明　小寒溪畔少人行
芒花寂寞沙洲冷　夜鷺羨魚翻幾更

風櫃斗詠梅

白華黃蕊映青苔　歲歲寒梅此地開
嶺上風來飄瑞雪　暗香縷縷入靈臺

雪霽草山尋梅

地凍天寒雪未消　白梅孤挺向雲霄
月華瑩滿霜華冷　疏影幽香共寂寥

八、撫今追昔　十三首

悼雨盦師

憶昔紅樓逢眼青　　忽然蒼廓殞沈星
詩傳陶杜任真體　　筆走米黃風韻靈
蘭苑深深春雨落　　草堂寂寂靉雲停
一身瀟灑歸黃土　　四海吟哦入紫冥

來青閣春日即事閣在板橋林家花園

林園春曉百花開　　十里清香排闥來
高閣侈談天下事　　閒池偶覓嶺頭梅
群賢題刻留餘韻　　黎庶優游說劫灰
昔日風流隨客散　　古榕孤月守樓臺

臺北保安宮即事

廡殿連雲映碧空　　雕龍鏤虎鬼神工
白礁修道通靈氣　　黔首持香思帝功
昔日懸壺三臂折　　今朝饗食九州同
真人乘鶴登仙去　　猶庇蒼生瑞靄中

鹿港懷古

船舶東來夜半分　八郊車馬日紛紛
<u>杉行街</u>裏紳商集　<u>文武廟</u>中童子勤
香舖氤氳傳故里　琳宮煙火鎮妖氛
漁舟唱晚今安在　廛閈喧囂不忍聞

寄師大系友兼以書懷

四十年來夢一場　青絲千縷變秋霜
事如鴻雁追雲去　情似柳條連水長
昔日子衿聽絳帳　今朝孫輩戲金堂
蓬萊徒弟多才俊　萬里扶搖安可量

悼周老夢蝶三首

大道平平車馬多　名來利往似穿梭
誰憐落魄鴻都客　獨守露階長琢磨

瘦骨嶙峋勝比丘　薄衫不計稻粱謀
還魂草綠蓬萊島　孤獨國中歌未休

當年桃李滿芳枝　正是春風得意時
已為人間鋪翰藻　天堂門上更題詩

億載金城懷古

艨艟巨艦湧金城　內海臺江波已平
賢哲早乘仙鶴去　獨留老樹響嘉聲

春登赤崁樓

氣清天朗獨登臺　春色盈園府第開
新雨已隨雲遠去　舊巢猶待燕歸來
文昌閣內魁星筆　赤崁樓前贔屭苔
滄海桑田都一瞬　劫灰點點不須哀

臺南孔廟全臺首學也

禮門通聖域　義路達黌宮
幸有南瀛子　長薰洙泗風

延平郡王祠原為開山王廟植有古梅數株

海邦三易幟　立廟不尋常
繼世無英主　開山有聖王
梅牽詩興發　龍吐玉爐香
缺憾還天地　黎民思未央

成吉思汗詠

忽然大漠起狂飆　　掃蕩八荒山海搖
萬國衣冠拜金帳　　九斿旄纛建皇朝
神州易主非常見　　青史流芳猶可要
回首英雄射鵰處　　馬琴鳴鏑響雲霄

文化生活叢書 詩文叢集 1301029

好花衹向美人開

作　　　者	胡爾泰	
責任編輯	邱詩倫	
特約校稿	林秋芬	
發　行　人	陳滿銘	
總　經　理	梁錦興	
總　編　輯	陳滿銘	
副總編輯	張晏瑞	
編　輯　所	萬卷樓圖書(股)公司	
排　　版	林曉敏	
印　　刷	維中科技有限公司	
封面設計	斐類設計工作室	

發　　行　萬卷樓圖書(股)公司
臺北市羅斯福路二段 41 號 6 樓之 3
電話　(02)23216565
傳真　(02)23218698
電郵　SERVICE@WANJUAN.COM.TW
大陸經銷
廈門外圖臺灣書店有限公司
電郵　JKB188@188.COM
香港經銷
香港聯合書刊物流有限公司
電話　(852)21502100
傳真　(852)23560735

ISBN 978-957-739-993-9
2016 年 5 月初版
定價：新臺幣 160 元

如何購買本書：
1. 劃撥購書，請透過以下帳號
　帳號：15624015
　戶名：萬卷樓圖書股份有限公司
2. 轉帳購書，請透過以下帳戶
　合作金庫銀行　古亭分行
　戶名：萬卷樓圖書股份有限公司
　帳號：0877717092596
3. 網路購書，請透過萬卷樓網站
　網址　WWW.WANJUAN.COM.TW
大量購書，請直接聯繫，將有專人
為您服務。(02)23216565　分機 10

如有缺頁、破損或裝訂錯誤，請寄
回更換

國家圖書館出版品預行編目資料

好花衹向美人開 / 胡爾泰著.
　-- 初版. -- 臺北市：萬卷樓, 2016.05
　面；　公分.
ISBN 978-957-739-993-9(平裝)

851.486　　　　　　　　105005542